So forscht der Astronaut

Berufe: Wer macht was?

Band 4 der Reihe
„Schauen und Staunen“

Velber Verlag

Freiburg im Breisgau

Coverfotos: NASA;
J. Kuhr / VISTA Text und Bild (2); tbkmedia.de / Agenda-Fototext
Text und Fotos S. 8–19, 26–27: J. Kuhr / VISTA Text und Bild;
Fotos S. 20–25, 40–45: tbkmedia.de / Agenda-Fototext;
S. 28–35: NASA; S. 36–39: Heidi Velten
Illustrationen: Melanie Garanin
Redaktion: Birgit Oesterle
Layout: Anja Schmidt
Repro: PrePress Baun
Druck und Bindung: Proost, Belgien

ISBN 3-86613-503-3

velber

Foto-Sachgeschichten

Schauen und Staunen

So forscht der Astronaut

Berufe: Wer macht was?

velber

INHALT

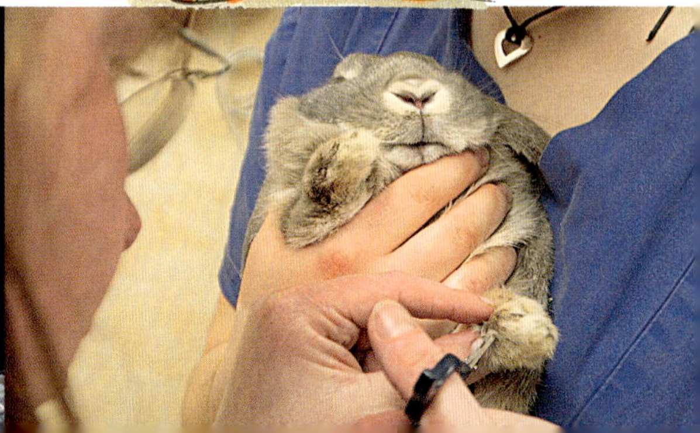

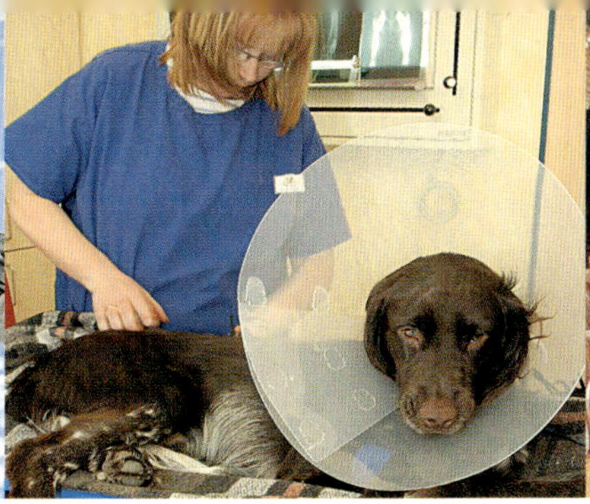

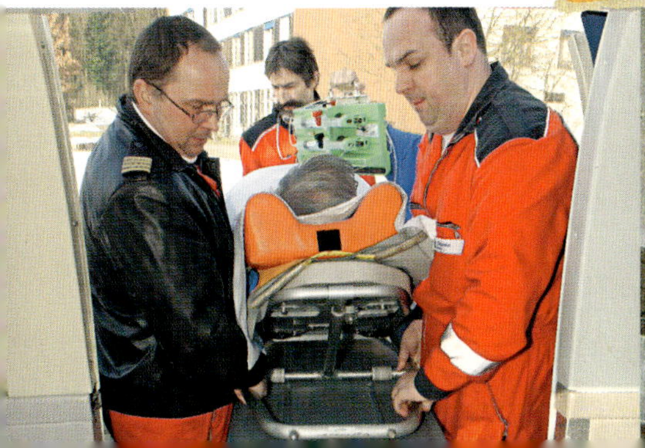

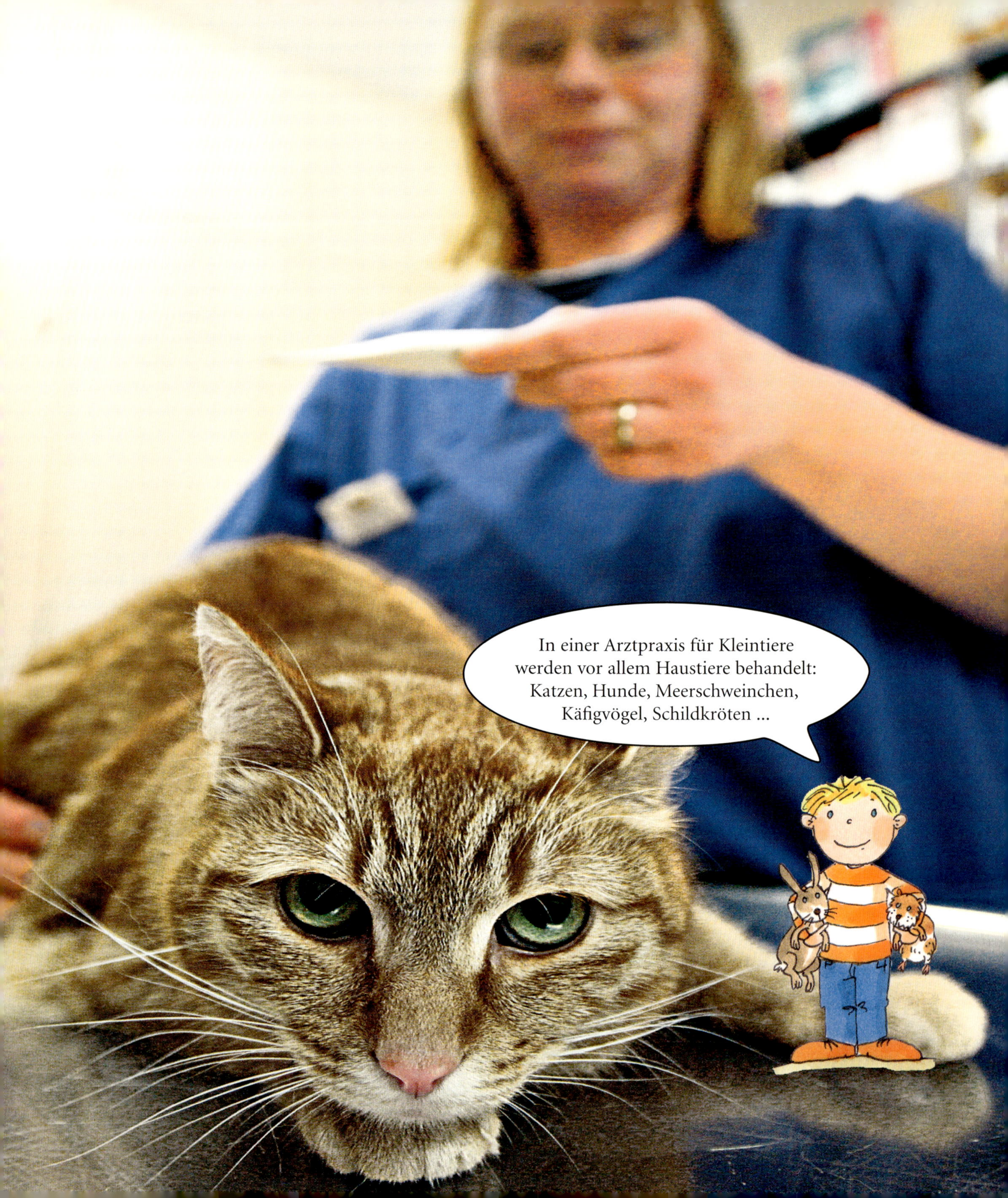
In einer Arztpraxis für Kleintiere
werden vor allem Haustiere behandelt:
Katzen, Hunde, Meerschweinchen,
Käfigvögel, Schildkröten ...

So hilft eine Tierärztin ihren Patienten

Wenn wir Menschen zum Arzt gehen, erzählen wir, was uns fehlt oder ob wir Schmerzen haben, und lassen uns geduldig untersuchen. Und wenn Tiere krank sind? Weil sie nicht sprechen können, muss der Arzt sie sehr gründlich untersuchen – und dabei gut aufpassen! Denn die meisten Tiere wehren sich. Schau, wie der Tag einer Tierärztin in einer Kleintierpraxis abläuft ...

Der erste Patient ist ein Kater. Sein Besitzer hat ihn mit dem Auto angefahren. Wunden sind nicht zu sehen. Aber vielleicht hat das Tier innere Verletzungen.

Die Ärztin hört Lunge und Herz ab. Dann macht sie den „Zahnfleischtest“. Der Kater wehrt sich, doch mit geübtem Griff öffnet sie sein Maul und drückt den Finger aufs Zahnfleisch: Weil sie dabei das Blut wegdrückt, färbt sich die Stelle weiß, und als sie loslässt, wieder rosa. Also ist der Kreislauf in Ordnung! Sie tastet Kopf, Wirbelsäule, Beine und Becken ab und stellt nichts Ungewöhnliches fest. Aber zur Sicherheit soll der Besitzer den Kater gut beobachten.

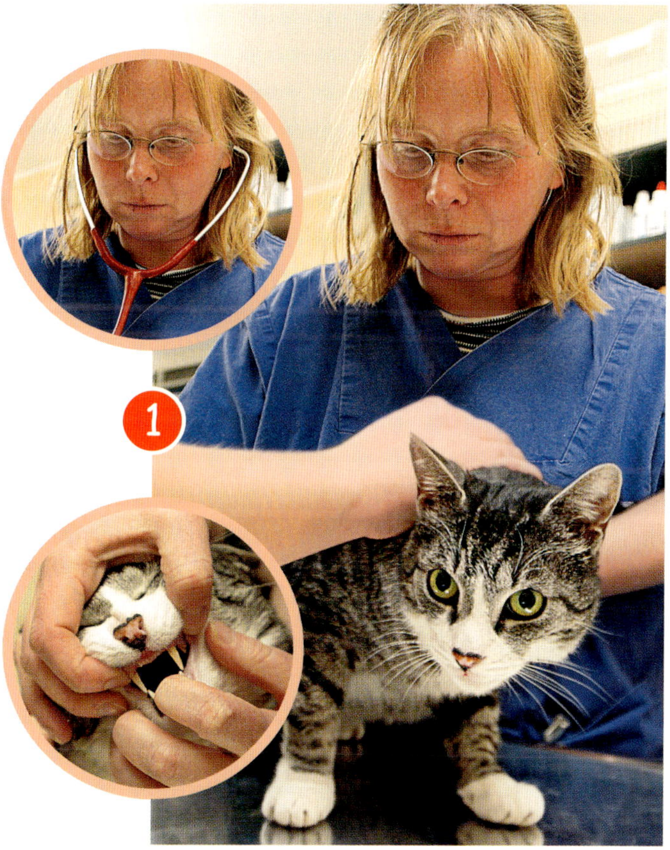

Text und Fotos: J. Kuhr/VISTA Text und Bild

Als Nächstes steht die Operation eines Hundes im Terminkalender. Ben, der Münsterländer, hinkt und hat Schmerzen am Oberlauf. Die Ärztin hat einen gutartigen Fetttumor entdeckt. „Wenn ich den entferne, kann Ben wieder gut laufen.“

Wie vor jeder Operation untersucht die Ärztin Zähne und Augen.

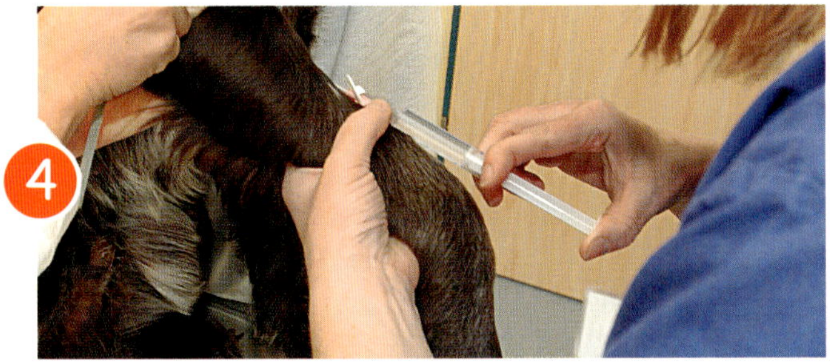

Sie gibt Ben eine Betäubungsspritze und er wird immer schläfriger ...

Meist lassen betäubte Tiere die Augen auf und bewegen auch die Lider nicht. Salbe schützt die Augen vor dem Austrocknen.

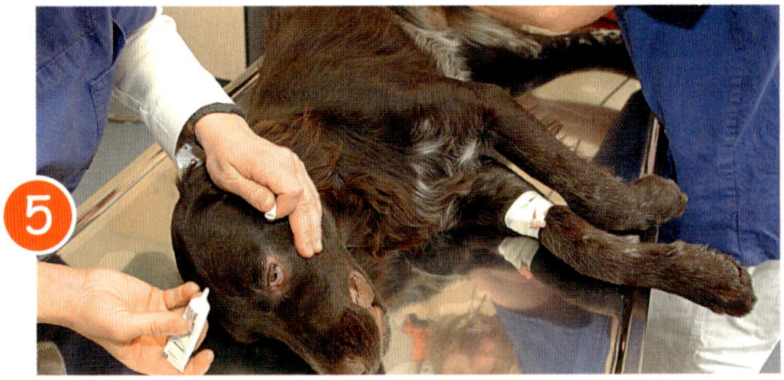

6

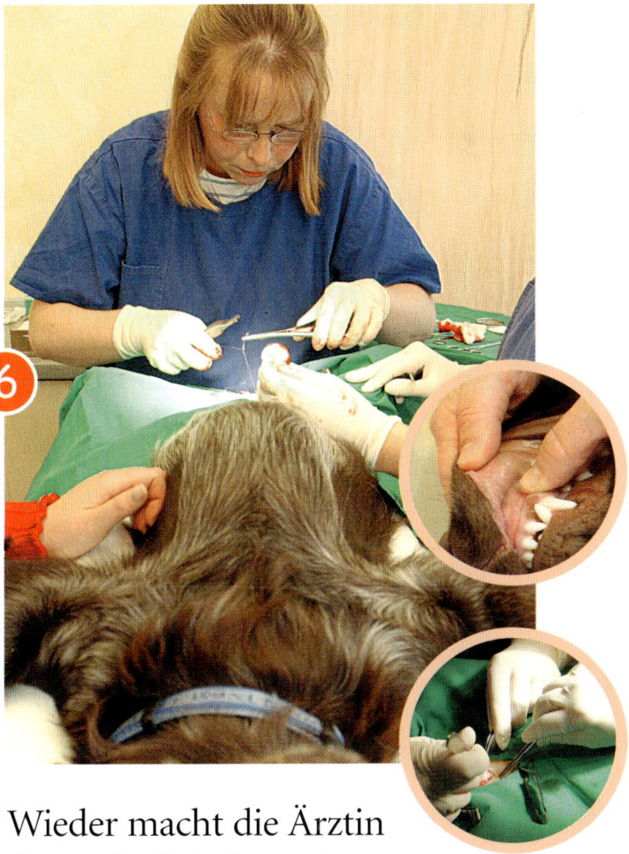

Wieder macht die Ärztin den Zahnfleischtest. Dann kommt Ben in den Operationssaal. Rund um den Tumor werden die Haare abrasiert. Die Arzthelferin legt ein Tuch mit einem Loch darüber. In dieser Öffnung schneidet die Ärztin mit einem Skalpell durch die Haut und entfernt das Geschwür.
Dann näht sie die Wunde.
Alles gut gegangen!

7

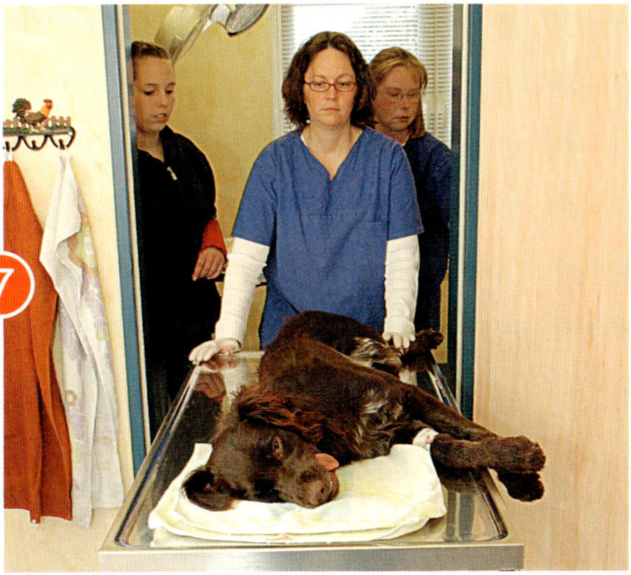

Ben darf in den Aufwachraum ... Dort bekommt er einen Plastikkragen: Damit er nicht mit den Zähnen die Fäden aus der Wunde zieht. Dann darf er nach Hause. „In ein paar Stunden ist er wieder munter“, sagt die Ärztin.

8

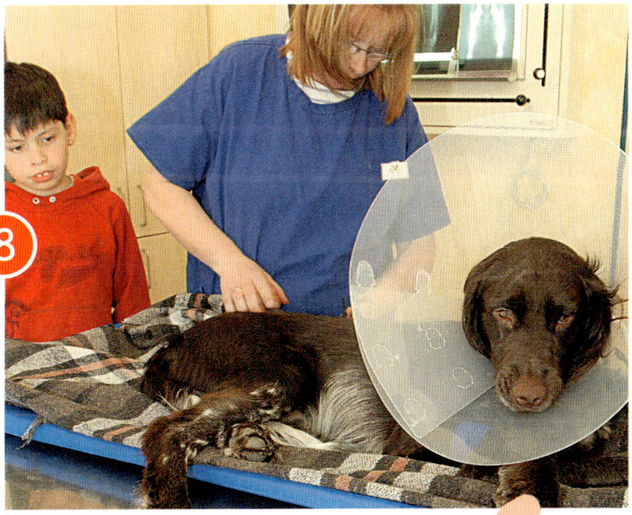

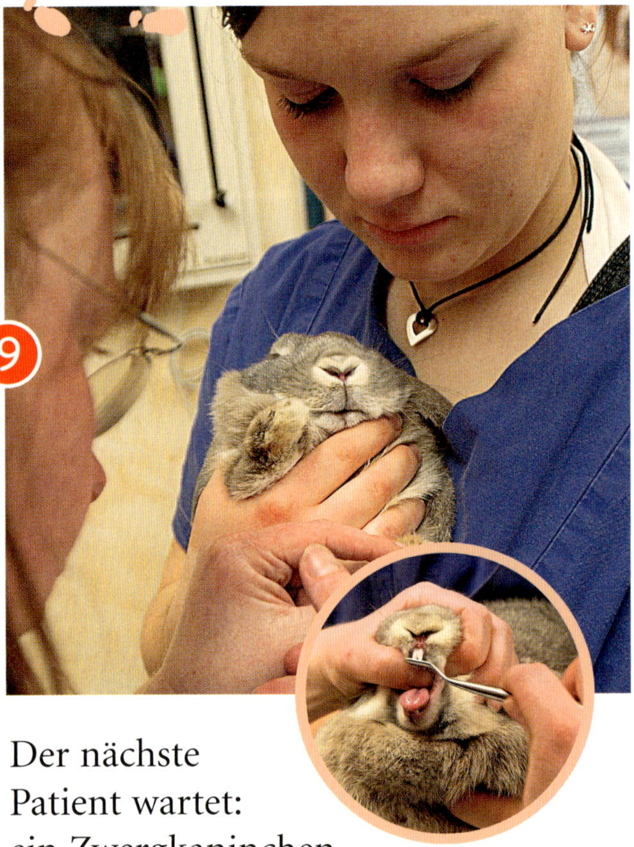

Der nächste
Patient wartet:
ein Zwergkaninchen.
Diesen Tieren muss man regelmäßig Zähne und Krallen schneiden.
Die Auszubildende strengt sich mächtig an, um das Tier festzuhalten.

Zwergkaninchen haben einen winzigen Kopf mit schlecht stehenden Zähnen, die sich kaum abschleifen. Da die Tiere keine Höhlen graben, nutzen sich auch ihre Krallen nicht ab.

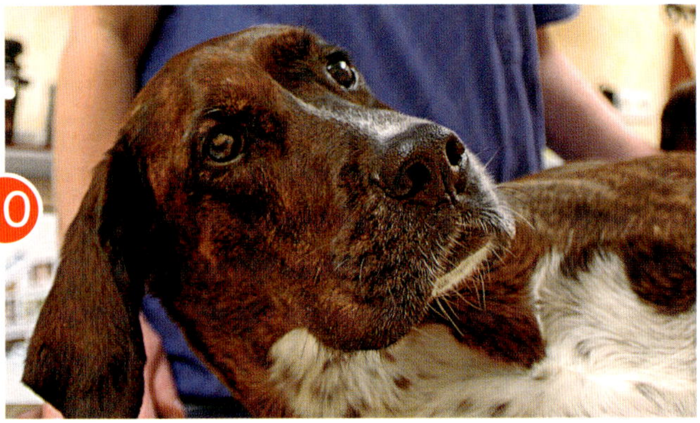

Der Nächste bitte: Eine Tätowierung steht an. Zuerst wird der Hund betäubt. Dann trägt die Ärztin die Farbe auf: Die spitzen Nadeln durchdringen die Haut im Ohr. Nach einiger Zeit ist der Name deutlich zu lesen.

Es gibt ein Haustierregister, in dem Namen und Adressen gespeichert sind. Da kann sich jeder melden, der ein Tier verloren oder gefunden hat.

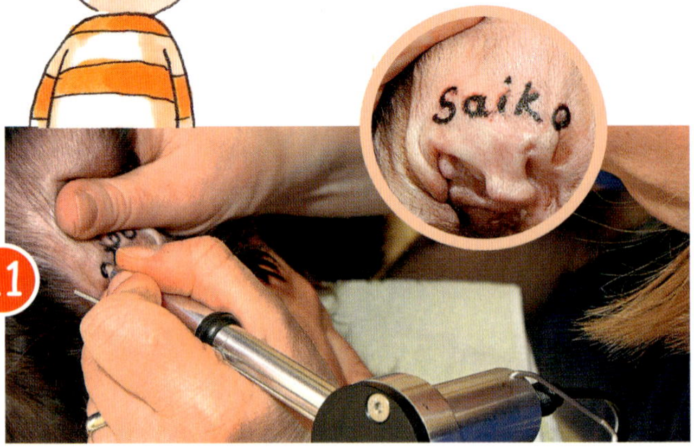

Der nächste Patient
ist die Ratte Ralle.
Schnell steht die
Diagnose fest:
Ralle hat eine
Lungenentzündung.
Der Nager bekommt
eine Spritze. Dann schreibt die Ärztin auf, was Ralle zu Hause noch braucht: Zwei Mal täglich Antibiotikasaft und viel Wärme.

12

Und nun? Ein Kater, der nichts mehr frisst. Die Ärztin vermutet, dass er sich den Magen verdorben hat. Sie will aber einen Bluttest machen, um sicher zu sein, dass er nicht ernsthaft krank ist. Das Tier faucht, beißt und kratzt. Erst als es in ein Handtuch gepackt ist, kann ihm die Ärztin Blut abnehmen. Das Ergebnis wird sie in ein paar Tagen wissen. Vorher warten noch viele Patienten auf sie ...

13

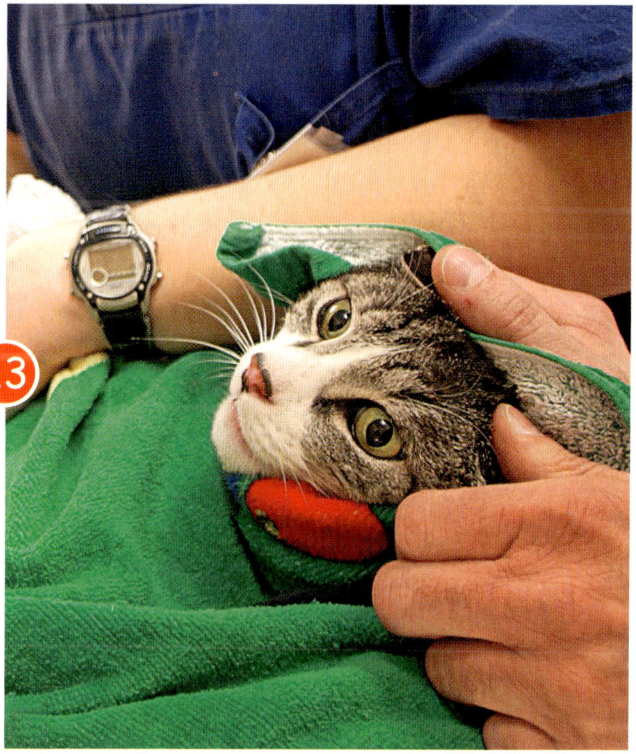

Hubschrauber
haben schon vielen
Menschen das Leben gerettet:
Sie sind schneller als Autos, können
direkt bei einem Krankenhaus
landen und sind für Notfälle
gut ausgerüstet.

So sind Rettungsflieger im Einsatz

Tag und Nacht helfen Rettungsflieger mit ihren Hubschraubern schwer kranken Menschen aus der Not. Wie solch ein Einsatz abläuft, siehst du hier.

Die Rettungsflieger im Luftrettungszentrum bekommen einen Anruf: Sie sollen einen herzkranken Patienten von einem kleinen Krankenhaus in eine große Universitätsklinik bringen.

1

Obwohl es schnell gehen muss, prüfen sie vor jedem Abflug, ob der Hubschrauber in Ordnung ist.
Wenn alle Instrumente getestet sind, meldet sich der Pilot über Funk bei der Leitstelle ab und startet ...

2

Text und Fotos: J. Kuhr/VISTA Text und Bild

3

4

Zuerst
fliegt er
zur Uniklinik,
um dort den
Hubschrauber-
arzt abzuholen.

Sofort gehts weiter. Unterwegs unterrichtet der Rettungsassistent den Arzt über die Krankheit des Patienten. Weil der Hubschrauber sehr laut ist, geschieht das mit Mikrofon und Kopfhörer.

5

In seinem Overall hat der Arzt Medikamente, die den Patienten in Notfällen das Leben retten können.

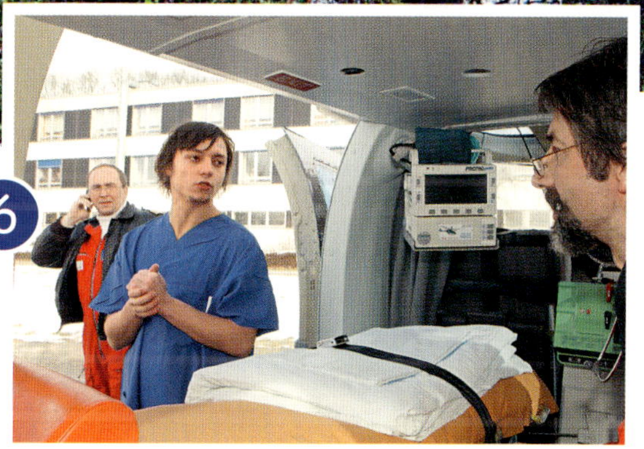

6

Am Hubschrauber-Landeplatz des Krankenhauses wartet schon ein Krankenpfleger. Er informiert den Arzt, wie es dem Mann geht.

Während der Patient zum Hubschrauber gebracht wird, liest der Arzt die Krankenakte. Falls es dem Mann unterwegs schlechter geht, muss ihn der Arzt behandeln.

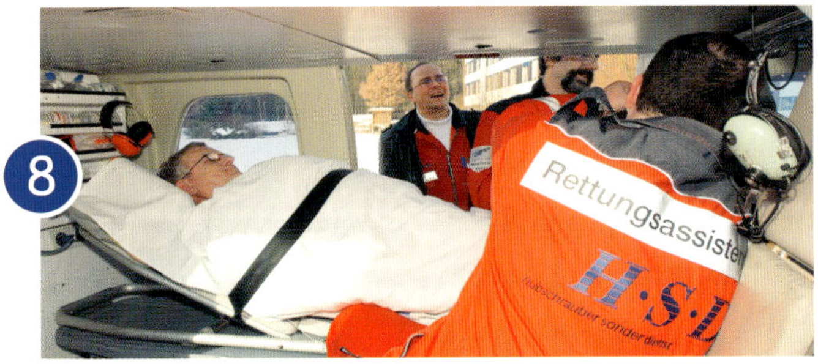

Auch bei einem unruhigen Flug soll der Patient sicher auf der Trage liegen. Darum wird er fest angeschnallt.

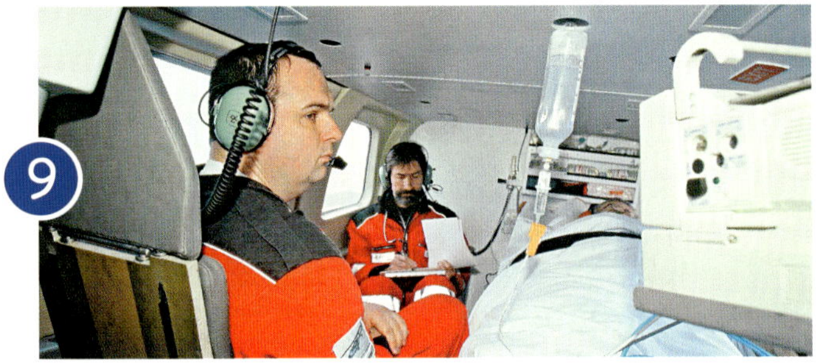

Der Überwachungsmonitor zeigt den Herzschlag, den Blutdruck und den Atem an.

Der Pilot versucht ganz besonders ruhig zu fliegen.
Nach ein paar Minuten sind sie am Ziel.

11

Auch auf dem Weg vom Landeplatz zum Krankenhaus, ist der Rettungsrucksack mit dem Beatmungsgerät dabei.

Wenn Patient und Arzt im Krankenhaus sind, kehren die Rettungsflieger zum Hubschrauberstützpunkt zurück. Sie sind für den nächsten Einsatz bereit.

12

Alles in Ordnung da oben? Hochsitze bieten Förstern und Jägern einen guten Überblick. Förster prüfen regelmäßig, ob die Hochsitze in Ordnung sind.

Was macht die Försterin im Wald?

In einem Wald wachsen Bäume. Aber nicht einfach so. Damit Bäume gerade wachsen, gesund sind und lange leben, brauchen sie Pflege, Platz und Licht. Darum kümmern sich Förster. Was ein Förster oder eine Försterin genauer macht, siehst du hier.

Die Försterin geht oft mit ihrem Hund in den Wald. Denn sie betreut mehrere Forstreviere. Das sind Wälder, die einer Stadt, einem Land oder Privatleuten gehören. Die Besitzer wollen, dass in ihrem Wald viele gesunde Bäume stehen. Wenn das Holz der Bäume verkauft wird, bekommen sie für gute Qualität mehr Geld. Darum beobachten Förster, welche Baumarten hier besonders gut wachsen.

Im Wald hat die Försterin meistens Werkzeug dabei: zum Beispiel eine Kluppe, einen Hammer, ein Notizbuch – und eine Sprühdose.

Fotos: tbkmedia.de / Agenda

2

Die Försterin überwacht den Wald und entscheidet, welche Bäume gefällt werden. Die markiert sie mit der Sprühdose.

3

Dann beauftragt die Försterin Waldarbeiter, diese Bäume zu fällen.

4

Für dünnere Bäume nehmen sie oft Fahrzeuge, die Harvester heißen.

Die Försterin misst die Stämme mit der Kluppe ab. Je dicker, desto besser: Denn damit lässt sich mehr machen. Sie überlegt, an wen sie das Holz verkaufen kann. Lassen sich daraus Möbel herstellen oder Kisten oder ist es nur Brennholz?

So ein Harvester kann sägen, fällen und auch verladen.

6

7

Brennholz lässt die Försterin bereits im Wald zersägen und aufschichten. Ein größerer Stapel heißt Ster.

Die Försterin lässt auch Wege anlegen. Denn nicht immer führen Wege zu den Bäumen oder dem Holz. Auf diesen „Holzabfuhrwegen“ kannst du später spazierengehen.

Mit dem Hammer schlägt die Försterin eine Plakette ein, die zeigt, wie gut das Holz ist. Sie schreibt Buchstaben und Nummern auf den Stamm und überträgt alles in ihr Notizbuch, damit sie später noch weiß, wo welches Holz liegt.
Das Sägewerk, das den Stamm abholt, erkennt ihn an den Markierungen.

8

Am Computer geht die Arbeit weiter. Auf einer Forstkarte ist jeder Baum verzeichnet. Die Försterin trägt ein, welche Bäume gefällt wurden, wo sie liegen, was sie wert sind ... welche Bäume krank oder umgestürzt sind ...

... oder wo sie neue Bäume pflanzen muss. Denn die Försterin sorgt auch dafür, dass immer genügend Bäume nachwachsen!

So fällen Waldarbeiter Bäume

1

Bäume werden im Winter gefällt, wenn sie nicht „im Saft stehen“. Das Fällen ist gefährlich! Die Waldarbeiter überlegen genau, wohin der Baum fallen soll.

2

Wenn er in die Kronen der Nachbarbäume stürzt, reißt er riesige Äste zu Boden. Dort, wo der Stamm hinstürzen soll, sägen die Arbeiter Kerben ein.

3

Gegenüber treiben sie Metallkeile ins Holz. Ein Arbeiter schlägt mit einem Hammer darauf: „Achtung! Baum fällt!“, ruft er. Alle bringen sich in Sicherheit.

4

Der Baum kracht nieder. Jetzt sägen die Arbeiter Äste und Krone ab. Die werden als Brennholz verkauft oder vermodern im Wald zu Erde.

Die Stämme werden abtransportiert.
An steilen Hängen machen das Pferde.

Meistens aber ziehen Schlepper
die Stämme zum nächsten Weg.

Ein Forwarder, ein Fahrzeug mit
Kran und Greifer, bringt die Stämme
zu Sammelplätzen.
Holzpolder heißen diese.

Hier misst und prüft der Förster oder
die Försterin die Stämme und schreibt
alles auf ... Vielleicht entsteht eines Tages
aus diesem Holz ein Stuhl für dich?

NASA
Wie weit ist es bis zur ISS?
Etwa 400 Kilometer – so weit wie von Kiel nach Köln oder von Köln nach Freiburg.

So forschen Astronauten im All

Auch im Weltall wohnen Menschen: Seit dem Jahr 2000 leben Astronauten auf der ISS, der Internationalen Raumstation. Sie bleiben immer nur ein paar Wochen oder Monate. Dann kommt die nächste Crew und löst sie ab. Schau, was sie dort tun.

Eine Rakete hat das Raumschiff mit den Astronauten hinauf ins All gebracht. Zwei Tage ist es unterwegs. Dann nähert es sich der ISS, der „International Space Station“ ...

... und dockt an.
An Bord sind der russische Kommander Gennady Padalka und zwei Bord-Ingenieure: der Amerikaner Edward Fincke und der Niederländer André Kuipers.
Die drei sind gespannt: Wie wird es sein am schwerelosen Arbeitsplatz?

Fotos: NASA

3

Kommander Padalka schwebt in die Raumstation hinein. Um sich in der Schwerelosigkeit fortzubewegen, stößt er sich mit Füßen und Händen ab.

In der Schwerelosigkeit schwinden die Muskeln. So ähnlich, wie wenn man lange krank im Bett liegt. Deshalb ist Sport im All wichtig! Mindestens zwei Stunden täglich.

4

Die Astronauten können in der ISS normale Kleidung tragen. Eine Klimaanlage sorgt für angenehme Temperaturen. Und auch für Sauerstoff zum Atmen.
An alles andere müssen sich die Astronauten noch gewöhnen: Bei „Sitzungen“ schweben sie. Und wollen sie Sport machen, heißt es: anschnallen! Wo, ist egal, denn oben und unten gibt es sowieso nicht.

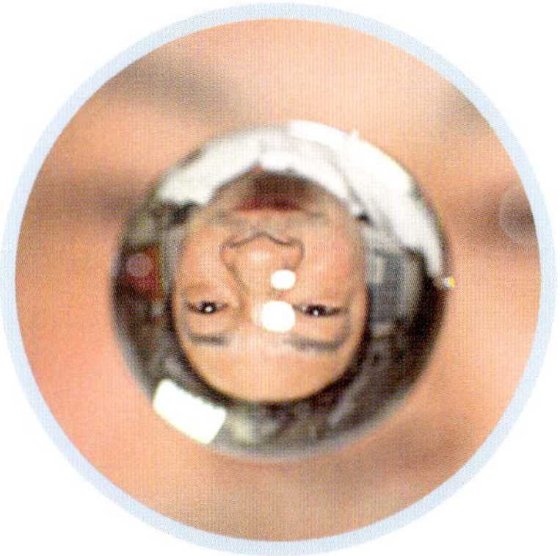

Alles schwebt ...
selbst Wassertropfen.
Darum ist Jonglieren im All einfacher als auf der Erde. Aber das meiste ist schwieriger. Trinken zum Beispiel. Flüssiges saugen die Astronauten mit Röhrchen aus Beuteln. Und damit ihnen die Vorräte nicht um die Ohren fliegen, müssen sie die wie alle Dinge gut verstauen und festbinden.

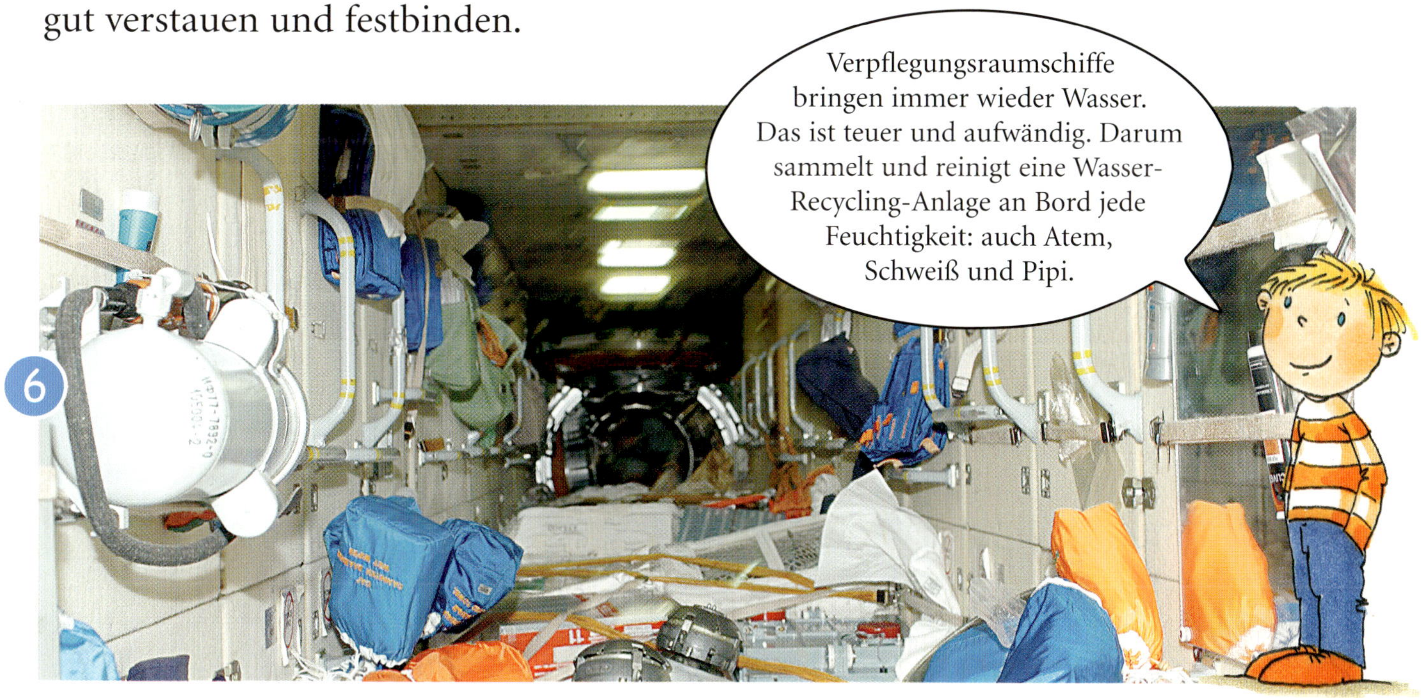

7

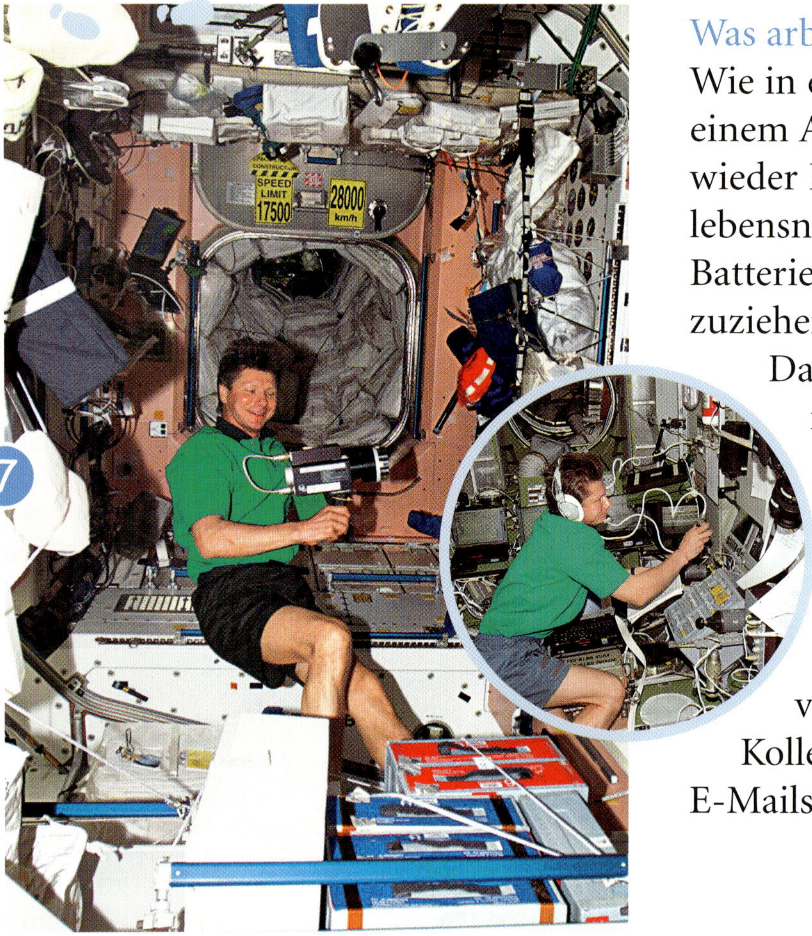

Was arbeiten die Astronauten?

Wie in einem großen Haus oder bei einem Auto fallen auf der ISS immer wieder Reparaturen an. Hier ist es lebensnotwendig, alles zu überprüfen, Batterien aufzuladen, Schrauben anzuziehen, kaputte Teile auszuwechseln. Darum sind Astronauten Hausmeister und Handwerker ...

Sie sind auch Techniker und Computer-Spezialisten. Sie müssen mit der Kontrollstation auf der Erde verbunden sein, mit ihren Kollegen dort sprechen, ihnen E-Mails, Bilder oder Videos schicken.

8

Astronauten sind vor allem Forscher: Im Raumlabor testen sie, wie sich Menschen, Pflanzen und alle möglichen Dinge in der Schwerelosigkeit verhalten, und machen Experimente – zum Beispiel in einem „Schwerelosigkeits-Handschuhkasten“.

9

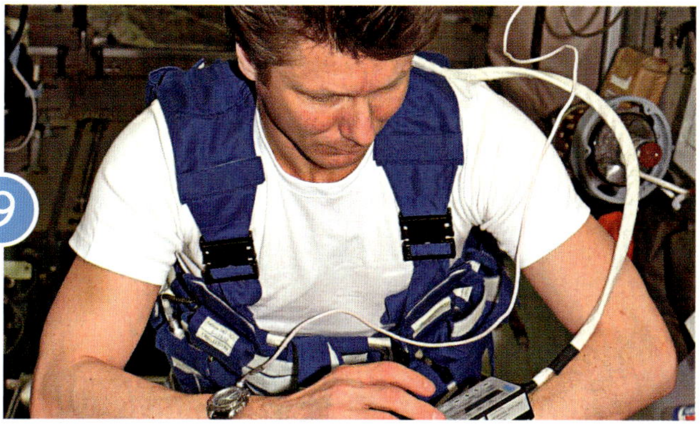

10

Sie testen, wie sich Gelenke, Muskeln, Knochen, Blut und Herz im All verändern und wie Heilmittel wirken …

… ob sich Flüssigkeiten hier besser mischen als auf der Erde und wie sie sich verhalten.

11

Sie vergleichen, wie Samen auf der Erde und im All keimen und wachsen …

12

… sie beobachten Wolken und können sehen, wie Wirbelstürme entstehen.

13

Wie gehen Astronauten im All spazieren?

Auch draußen haben Astronauten viel zu tun: Sie reparieren die ISS – und bauen sie aus. Anfangs war die ISS ganz klein. Raumschiffe brachten immer wieder neue Teile: Rückenteile, Solarzellenflügel und Gelenke, die sich so drehen, dass die Solarzellen stets zur Sonne zeigen und Strom erzeugen.

14

Bevor die Astronauten nach draußen gehen, müssen sie ihre Raumanzüge gründlich prüfen. Nicht der kleinste Riss darf darin sein. Die Raumanzugs-Klimaanlage muss perfekt funktionieren. Ebenso die Sauerstoffzufuhr.

Alles okay? Etwa zwei Stunden braucht ein Astronaut, um einen Raumanzug anzuziehen. Dann kanns nach draußen gehen. Aber vorsichtig! Und immer mit Sicherungsleinen! Und gut festhalten! Sonst fliegt der Astronaut davon.

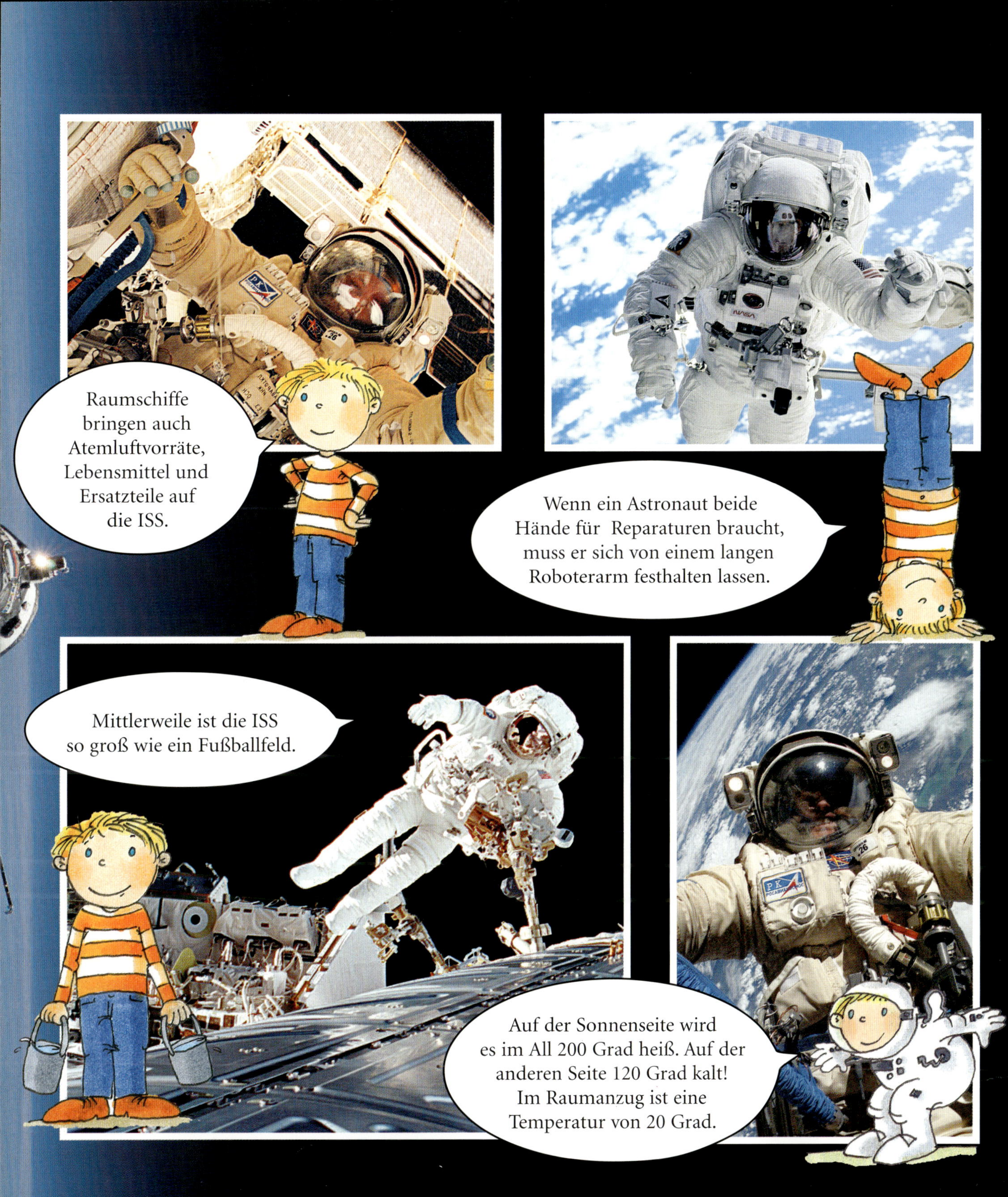
Raumschiffe bringen auch Atemluftvorräte, Lebensmittel und Ersatzteile auf die ISS.
Wenn ein Astronaut beide Hände für Reparaturen braucht, muss er sich von einem langen Roboterarm festhalten lassen.
Mittlerweile ist die ISS so groß wie ein Fußballfeld.
Auf der Sonnenseite wird es im All 200 Grad heiß. Auf der anderen Seite 120 Grad kalt! Im Raumanzug ist eine Temperatur von 20 Grad.

Für Flaschenbürsten, Badebürsten und Nagelbürsten nimmt man Schweineborsten. Damit geht der Dreck besser weg.

Wie arbeitet eine Bürstenmacherin?

Der Beruf des Bürstenmachers ist ein alter Handwerksberuf. Heute werden Bürsten meistens von Maschinen in Fabriken hergestellt. Darum sind Bürsten von Bürstenmachern etwas ganz Besonderes geworden. Schau, wie eine Bürstenmacherin arbeitet.

Zuerst beschafft sich die Bürstenmacherin Tierhaare oder Borsten. Je feiner die Bürste, der Pinsel, der Wedel oder der Feger werden soll, umso feiner müssen die Haare sein. Für grobe Bürsten braucht sie feste, robuste Schweineborsten. Und sie besorgt sich einen Holzkörper, der die Haare oder Borsten halten wird.

1

Dann stellt sie ihre Werkzeuge bereit: einen Kamm und Scheren, einen grünen „Bündelabteiler“, der die Haare zu Büscheln zusammenfasst, und eine Spindel mit elastischem Draht.

Fotos: Heidi Velten

2

Die Holzkörper haben Löcher. Da müssen die Haarbüschel rein. Sie dürfen nicht zu dick und nicht zu dünn sein. Darum teilt die Bürstenmacherin die Haare mit dem Bündelabteiler in passende Büschel.

3

Sie nimmt Draht, führt ihn durch ein Loch und formt eine Schlaufe. Sie legt ein Haarbüschel in die Schlaufe und zieht sie nach unten ins Loch. Dabei faltet sich das Büschel. Wenn es die richtige Dicke hat, sitzt es schön fest. Dann führt die Bürstenmacherin den Draht durchs nächste Loch und so gehts weiter ...

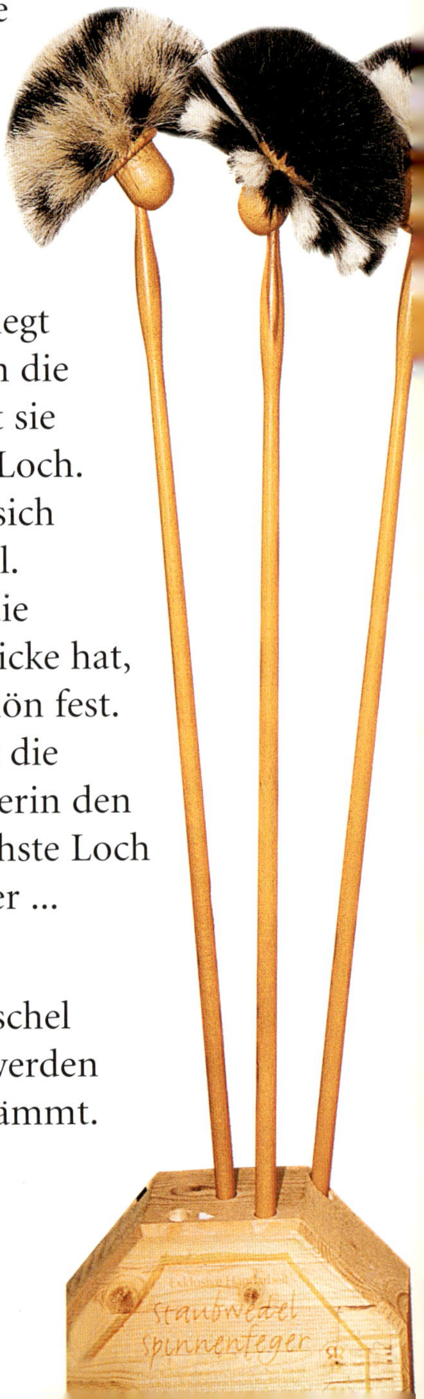

4

Wenn die Haarbüschel eingezogen sind, werden lose Haare ausgekämmt.

Noch sind die Haare ungleich lang. Die Bürstenmacherin schneidet sie erst grob mit einer „Schlagschere", dann fein säuberlich mit der Schere zurecht.

Jetzt kann sie ihr Stück an einem Marktstand verkaufen – zusammen mit vielen anderen Bürsten, Pinseln, Wedeln, Fegern ...

Ein Hufschmied muss die Pferde verstehen. Augen verdrehen oder Ohren anlegen heißt: Vorsicht! Nasenstüber oder Hände lecken bedeutet: Ich fühl mich wohl.

So beschlägt der Hufschmied ein Pferd

Wir tragen Schuhe an den Füßen. Pferde tragen Hufeisen. So wie wir unsere Schuhe mit der Zeit ablaufen, so laufen Pferde ihre Hufeisen ab. Dann brauchen sie neue. Aber Hufeisen kann man nicht so einfach wie Schuhe im Laden kaufen. Der Hufschmied muss kommen.

Heute besucht der Hufschmied den Rappen Timo. Auch Anja, die Hufschmiedin werden will, ist dabei.

Der Schmied bringt Hufeisenrohlinge mit, eine Esse, einen Amboss, Hammer und Nägel, Raspeln, Feilen, Messer, Zangen und andere Werkzeuge.
Und schon kann es losgehen.

Fotos: tbkmedia.de / Agenda

1

Zuerst müssen die alten Hufeisen runter.

2

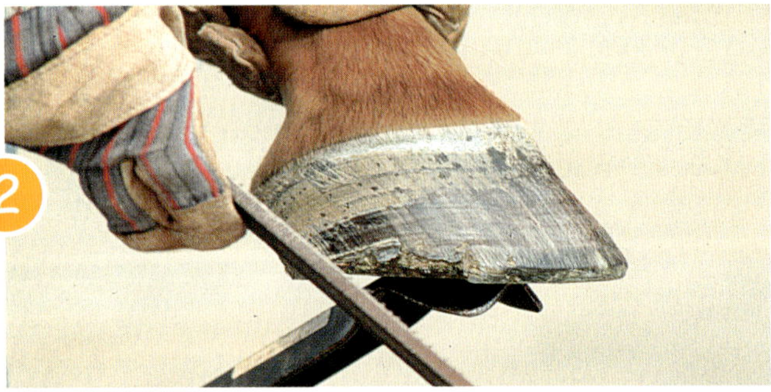

„Zeig her deine Füße!“, heißt es. Mit einer riesigen Feile raspelt der Hufschmied die Hufe gerade. Das tut nicht weh. Hufe sind wie unsere Finger- und Zehennägel aus Horn und müssen regelmäßig gekürzt und glatt geschnitten werden.

3

Der Hufschmied säubert die Sohlen. Vor allem in der Mitte, am „Hufstrahl“. Braune Stellen schneidet er weg.

Danach sind die Hufe wieder sauber und glatt.
Jetzt kommt die große Frage:
Welches Eisen passt wohl am besten?
Über 1000 Hufeisenarten gibt es.
Ein erfahrener Hufschmied findet schnell den passenden Rohling.

4

Dann beginnt die Schmiedearbeit. Dafür hat der Hufschmied eine kleine Schmiede mit einer Esse dabei. Der erste Rohling wird auf Kohlefeuer erhitzt, bis er glüht und geschmeidig ist. Mit dem Hammer formt ihn der Schmied auf dem Amboss. Vorsicht! Das Eisen ist über 1000 Grad heiß und die Funken sprühen.

5

6

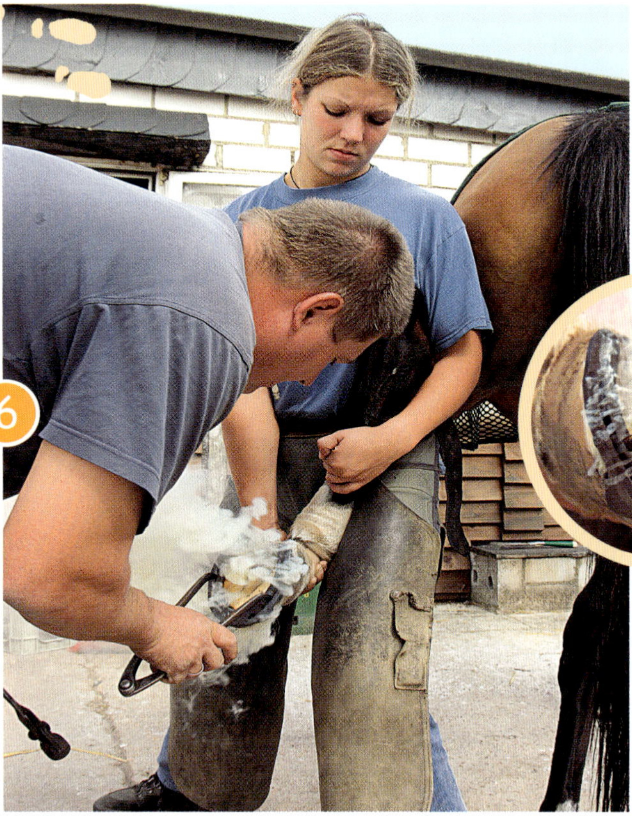

Ganz ruhig, Timo! Jetzt kommt der Test: Der Schmied drückt das heiße Hufeisen mit einer Zange auf den Huf und nimmt es wieder ab. Puh, wie das stinkt! Aber dem Pferd tut es nicht weh. Gut festhalten muss Anja Timo trotzdem. Denn der Qualm und der Geruch sind ihm nicht geheuer. Auf dem Huf bleibt ein Brandmuster zurück. Daran kann der Schmied ablesen, ob das Eisen passt.

7

Doch noch nicht? Dann also weiter formen, hämmern und schleifen und immer wieder anprobieren – bis alles perfekt sitzt!

Zum Schluss nagelt der Schmied das Hufeisen fest. Dabei muss er genau schauen und gut aufpassen. Denn unter der Hornhaut innen im Huf sind empfindliche Nerven.

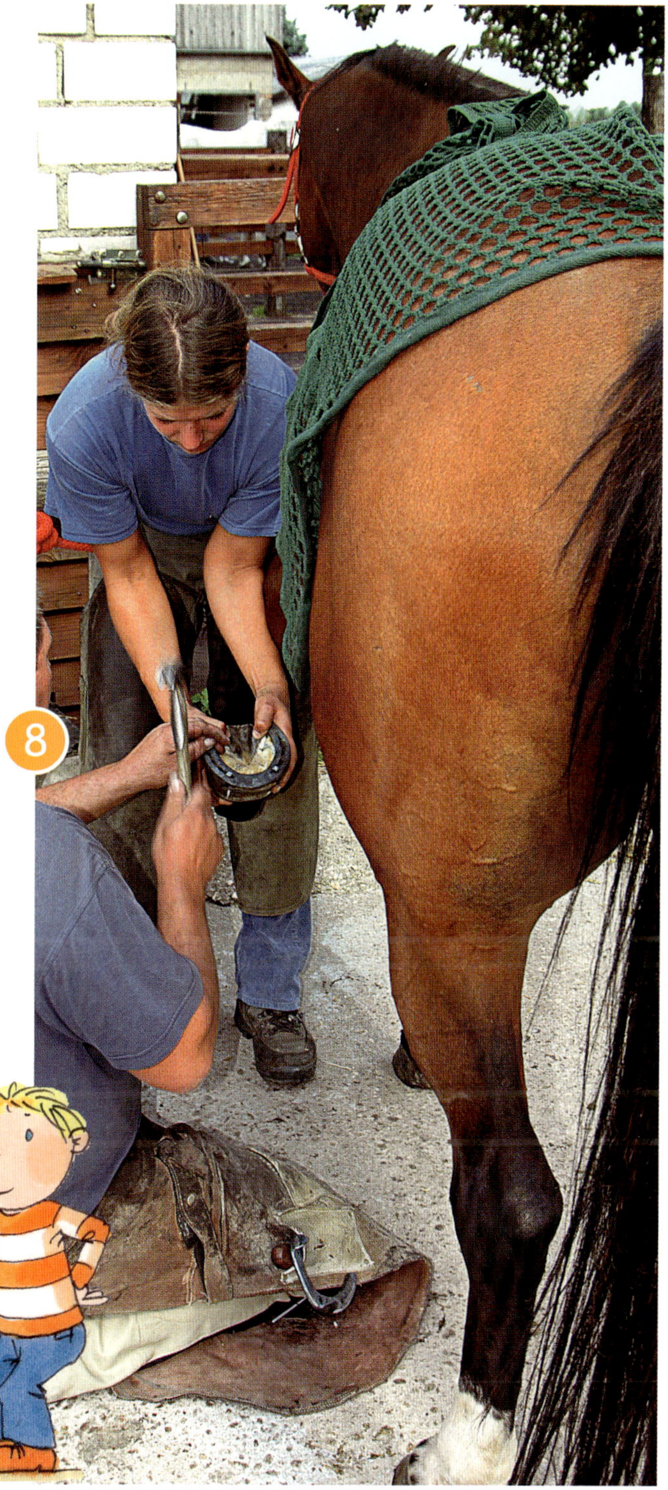

Fertig! Alles gutgegangen.
Brav, Timo!
Jetzt ist der nächste Huf dran!

Was ist Horn?

Horn ist Haut, die ständig nachwächst und verhärtet. Hier spürt das Pferd so wenig Schmerz wie wir an den Fingernägeln. Das Horn eines Hufes ist besonders hart und schützt die Haut und die Knochen, die darunter liegen.

In der Reihe „Schauen und Staunen“ sind bereits folgende Titel erschienen:

So wird die Rübe zu Zucker
Wie Lebensmittel entstehen
Band 1
ISBN 3-86613-504-1

So baut der Biber die Burg
Tiere und ihre Häuser
Band 2
ISBN 3-86613-501-7

So kommt die Welt auf den Globus
Wie alltägliche Dinge entstehen
Band 3
ISBN 3-86613-502-5

So forscht der Astronaut
Berufe: Wer macht was?
Band 4

ISBN 3-86613-503-3